36

第36届青春诗会诗丛　《诗刊》社编

可遇

陈小虾　著

长江出版传媒
长江文艺出版社

陈小虾，1989年生，福建福鼎白坑人，2013年开始诗歌创作。作品发表于《人民文学》《诗刊》《诗潮》《诗探索》《福建文学》等刊物。入选《诗刊》社第36届青春诗会，获诗探索·第三届春泥诗歌奖，参加《诗潮》首届新青年诗会。

目　录

堆雪人

一切都静下来了，回到生命之初的安宁
只有雪，下着
那么深，那么认真

一个人，在一望无际的白色世界里
堆雪人，一个接一个
堆远走的，堆逝去的，堆狠心的
让他们站成一排
朝着同一个方向
给他们安上眼睛，站在原地
看我的背影，看我的孤独，看我远去，在一场雪里消融
无论如何，我不回头，就像当初他们离去一样

那一夜的父亲

火柴划亮时
黑夜中吹来一阵风
他用手护住
吃力地点亮半截潮湿的烟

他深深地吸了一口
目光陷入漆黑的夜

过了很久，又吸了一口，然后猛烈地咳嗽起来
逆光中，躲在门后的他，昏暗、瘦小
像只受伤的小兽

他是我的父亲
那一夜，他也是一个刚失去母亲的孩子

他

一个老头，一把竹椅
坐在冬末的屋檐下
他的身体，一半在阳光下，一半在阴影里

这个年轻时，脾气暴躁、吝啬的老头
常常泡在酒缸里，烂醉如泥
他的鞭子曾一次次镶进你母亲的身体
他以前夫的身份当众嘲笑你父亲，让他抬不起头
他曾让你母亲那么担心死了还要和他葬在一起
年轻时，你偷偷践踏他的玉米地
把萝卜想成他连根拔起

现在，你朝这个年幼时最恨的人走过去
以和先逝父母讲话的语气
塞给他几百块钱，叫他少喝酒，冬日里多添衣

外公与石头

"我还真拿你没办法了?"
外公硬是要和一块石头过不去

外公曾用石头雕过菩萨
"菩萨菩萨,何为放下?"
菩萨不语
他把菩萨送给出家的母亲

后来,他搭石桥,建石头房
里头住着外婆、舅舅和我的母亲

现在,他硬是要和一块大石头较劲
硬是要扛着它上山
给自己做墓地

有一种鸟

七岁那年，小山村，一个人时
空旷的山谷传来一种鸟的声音
"不哭，不哭，不哭……"
一声一声异常清晰
可是怎么也找不到它的踪影
后来一次，在异乡的出租房
我因失去一个人哭泣
泪干望天，听见"不哭，不哭"
还有一次，手术台上
麻醉针推进去时
一把刀即将切开我的身体
我又听见"不哭，不哭，不哭……"
一声一声渐渐消失
我不知道接下来会在哪里
听见。我没见过它
却对它异常熟悉
"不哭，不哭，不哭……"

老裁缝

一块布
白色的，崭新的
没有生活的油腻
他开始有点放心

铺开，摊平，洒上水
熨开里子的褶皱
他的手开始颤抖
何时直行，何时转弯
何时适时地回头
都已记下

灯光下
他多次顿了顿手
弯曲的脊梁
在剪刀的起落间行走

明天，这件衣服将会做完
作为最后一件衣裳
完整地穿在
他二十五岁儿子的尸体上

远　景

一场春雨。茶园，一片一片，抽着新芽
带着干粮、雨具、白发和老寒腿
外公外婆站在一片嫩绿里
四周是连绵不绝的茶山
总不忍看这样的远景
势不可挡的嫩绿里
两个小白点
在缓慢地
前行

阅读一粒稻子

要阅读他的出生地

阅读他节节拔出淤泥

低于大地的部分

阅读他青葱的样子

阅读他的中年，沉甸甸的包袱

和微微弯下的脊梁

阅读他粗糙的外壳

和藏着的洁白与米香

阅读他被高高地放在供桌上

望见稻田，有人在插秧

阅读他最终被人想起，又将被遗忘

当把稻子的一生按在一副肉体上

我发现一个个老父亲

站在大地上

南山上的老单身汉

布谷鸟叫时
暮色将近了

孤立山头
他在抽一口老烟，一口接一口
向着西岭，一块风水宝地

一只黑色的蚱蜢跳到他的膝前
这只大火中余生的昆虫
失去家园，茫然四顾
它的触角触摸到一阵虚无

这场大火里，他是只黑蚱蜢
失去了南山一整片林地
那是他为自己挖墓地的所有积蓄

崟山岛，泡一壶老白茶

我爱孤岛

在随波逐流的海上，守着自己

我爱茫茫荒草

在孤岛上，走出蓬勃之路

我爱荒草间的天湖

接受淤泥、水草和俗世的鱼虾

也照见繁盛与荒芜、日月与星辰

日出时，我爱在石壁上

泡一壶老白茶

用火唤醒陈年的日光

在炊烟升腾的，叫鱼鸟的村庄

牧羊人

这里没有栅栏
羊群有时在天上，有时在草场

这里没有栅栏
他，有时是一株草
有时是一头羊
有时又回到天上

祈 祷

除了祈祷，已经没有眼泪
他不懂得该如何接受：
刚刚出门的父亲
被一辆大卡车碾了过去
……
灵堂上
所有的人都在咒骂卡车司机
只有他低头，不停地祈祷
祈祷父亲远离疼痛，一路好走
祈祷法律从轻对卡车司机
因为车祸现场
他看到了
一双二十出头、绝望、恐惧和无比悔恨的眼睛

蓝尾喜鹊的秘密

幸得一粒小果子
它衔着飞来飞去
在陶盆前停了下来
偷偷把它藏到盆子里
它东张西望，飞到更高的屋顶
看了又看，确保没人发现
它藏在院子里的一小颗甜蜜
才安心地飞到远处

我偷偷掀开过草皮
那是一颗干瘪的小葡萄

疑 问

下雨了，鸟儿
为何还要飞翔？
是否某些地方
只有穿过雨才能到达

就像，一定要经过
满是泥坑的小路
被芒草割伤
经过一个黑屋子
一条凶狠的猎狗总在某处对我狂吼
只有这样
才能遇见你

当然，有时你有在
有时也不知去了哪里

清明雷雨记

一排排，在第六排第七位找到
刻着你名字的石头
献花，上香，三拜
云层一再压低

经过竹林，风起，闷雷阵阵
到老屋，雨倾泻下来

眺远山，孤鸟啼
雨越下越急，越下越急……

雪　花

一到掌心就融化了
禁不住再伸手
又融化了
再伸手……
发现越用力消失得越快

那是我第一次，想要拥有
这么多年，遇到了
那么多人和事
都在重演雪花的消融

太姥山记

爱危崖，爱孤峰
爱石头悬在岩壁
千万年的风雨，练就随时坠入谷底的淡定
或是站成一尊佛，在巨石阵里谈经

爱洞中有洞，爱黑暗中的光束与水滴
爱游人进洞时总要把头低一低

最爱回音谷，当我偏执地爱着不该爱的
它总能给我更长更孤独的回音

火 柴

一根火柴，还没点燃就湿了
他该有多泄气？

一根火柴，一辈子待在盒子里
上面写着大红的双"喜"
她可懂得燃烧才是爱情？

一根火柴点燃鞭炮或烟花之前
是如何抑制内心的欢喜？

一根火柴点燃炸弹之前
又是何等的绝望？

等一列火车

不知名的小站
身后是熟睡的村庄
唯一的一颗星，框在交织的电线上

我在等一列火车，从茫茫夜色中来
它会穿越一座又一座山的心脏
行走在夜的软肋上
这长形的孤独，在约定俗成的轨道上
凝成一把箭，击中我

它轰隆隆地
驶进我的身体，驶进我的身体，驶进我的身体

一支箭

脱弦的瞬间
急速奔跑，越过青青的草地，悠悠的牧场

这是一次捕猎，或者扑空，或者命中
这是一场严肃的游戏
是谁
设下靶心，说，这是一支箭的宿命

祖国大地
山高水长
相比之下，一支箭约等于
一颗尘埃，一朵花，一只驮着一粒米的蚂蚁

一支箭爱不了无边的疆土
只能缩小缩小再缩小
沿太平洋到大陆以东到闽东以北
到一个叫白坑的小山村
这是我深爱的土地，炊烟袅袅
某年某月某日某时某分
我正中靶心

白坑村的黄昏

母鸡下蛋，咯咯叫
祖母捡起，撒了一把米作为奖励
紫云英的碎花围裙
成片成片扎在山腰上
父亲卖柴归来
提着酒壶，哼着小曲
他撮一口酒
天边的晚霞就多一圈红晕
小学校，放学了
我们与大黄狗一起
奔向炊烟升起的地方
祖母把蛋打入大锅时
黄昏只剩下锅中这朵金黄的云
一翻身，出锅
黑夜来临
星星是祖母撒落的白糖粒

告祖母书

1

你走后，每年清明都有一场绵长的雨
老屋坍塌为平地

2

特别是大姑
和你一样有过一段不幸的婚姻
常年的争吵、冷战
让大姑的容颜更快地接近你
小姑信了基督（因为姑丈的喉癌）
二姑不停念经（她开始担心死去的光阴）

大伯挺好，说起早逝的大哥时
也已不再痛哭流涕
二伯手上长起了老人斑
他戒了酒，你的劝，他总算听了进去
四叔，你卖了的儿子
再无怨恨，倒是他

常常拿着照片说起你
你最担心的小叔
还是逃不过那个桃花劫
也罢，在现在
离婚也不是什么抬不起头的事情
只是，小妹被逼
叫一个陌生女人妈妈时
声音很小很细，一下扎疼我的心

东躲西藏的大姐
在偷生了第四个女儿后
终于有了一个带把儿的
就是可怜了二哥夫妻
为了二胎，辞去大好的工作
孩子刚落地，计划生育就放宽了
现在，他们经营一家小店铺
生意不景气

3

说说我们家，几年前，搬了新居
房子很大，宽敞而舒适
而我却依旧一个人（自你走后）

十几年了，一直无法走下那段楼梯

昏暗的拐角，你躺在血泊里
为了省一盏灯
你提前走入黑夜

父亲母亲还是常年住在江苏
拥挤的出租房里。在异乡
年过半百的他们
偷偷染发，发誓
理清债务，就哪儿也不去
回老家，修老宅，种几亩田地

4

其余不说，这些都是你在人间的遗物
百年之后，我们自会相聚

那些无人知晓的

一颗流星划过
黑暗中，没有人知道疼痛的真身

只有露珠，从草叶尖滑落
滴落在大地上，微凉

碎

一个杯子，碎了
一周岁的女儿想伸手去拼
我抱走她，却无法向她说明
一个杯子
为什么会碎
和拼不完整的原因

制药厂

高高的围墙，藏着所有的秘方
隔着铁门
白色的房子，白色的车子，白云下开白色的小花
我固执地认为
白色是绝密的药方

一次葬礼，更加确定了我的判断
满世界的白，白色的花，白色的孝服，白色的悲伤
人们都说："他享福去了"
仿佛这是一剂最好的处方

一场大火烧了工厂
烧了所有的制药秘方
烧死了年轻的小伙与姑娘

很多年后
白花开满空白的地方
似乎隐藏着一种新的解药

深夜，落下的——

时钟前行，朝着凌晨三点钟的方向
水龙头，在滴漏
无法被拧紧、拧干的还有一些
落下，无声无息

春天已过。入夏了，却意外地凉
让我不得不相信
在某处总有人在制造一场雪
落下落下，纷纷扬扬
所幸的是，我路遇这场命中注定的堆积
患上一个雪人的新疾

依旧失眠。空荡荡的房间，尘埃起起落落
心窝处再次灼烧，多年的老胃病又犯
竟觉温暖。开始像个老中医
给自己诊脉，抓药
一钱黎明，两钱时光，药引是蝉蜕

水 壶

这是个军用水壶
底部，鲜红的漆写着一九四八年八月秋
爬过雪山，越过草地，冲过硝烟
现在，它空置
在锈迹斑斑的桌上

不远，站在一地落叶上的
是它的主人，一头银发，拄着拐杖

戒 酒

酒桌上，仅有他苦笑，不端杯
说，戒酒了

一群酒鬼，谈天南地北
谈昨夜牌桌上抓了几个小鬼
谈一年茶叶又抽新芽

谈到晋江时，他走神了，抓起酒瓶给自己加了一杯
大家知道，他又想起那个女人

凌晨四点
在一场大雾里消失的女人
凌晨五点
出现在殡仪馆的白布下
他形容那一刻的自己，不听使唤的身体，酒醉般

他举杯，看了看晕黄的酒
说，"十年了，早该戒了"
然后，一口闷下

那家店总让我想到……

我总是屏住呼吸经过
那个地方，它几近透明
玻璃的窗子、玻璃的柜子、玻璃的
高脚杯，叠成金字塔模样

它是复杂的
它的复杂来源于透明
来源于似乎一眼看穿
它是危险的
我惧怕于这玻璃质地的金字塔

注入香槟，让夜晚赋予醉人的色彩与迷香
人群中，我一再担心
其中的一只（只要有一只）细跟滑落
它们将显现出支离破碎的尖锐模样

一串珠子散落之后

匆忙抓起电话，逐一打过去：
外公、外婆、父亲、母亲和你
又低头摸一摸肚里的小 baby
——确定，在人间
我们依旧一起
穿在一根绳索里
之后，才把珠子拾起
数了数，少了一颗
再一阵心慌
一边打了自己一个耳光
一边念着阿弥陀佛
相信自我惩罚
就会被赦免，被原谅
或躲过什么

年末，多云

盘点一年：
出过两次远门
一次漫无目的；一次找一个失踪的人
住过一次院，病因至今未查明
期待一场雪，没来

起风了，这片云
谁也不知道它会飘向哪里

忆渔仓头之夜

往灶里添一把火
古稀之年的她
失明，但来去自如
炒豌豆，香飘屋外

后院，母狗舔着新生的孩子
一碟热豆，酒暖心肠
她拿着一根骨头
扔给母狗

黑夜自山冈上
弥漫下来
一盏二十瓦的电灯
亮在二十年前的渔仓头

现在，这里一片芦苇
风吹过，白花飞扬

桥

小时候。桥洞里
流水、布谷鸟
母亲在洗脏衣服
她从不让我靠近

"水中，有漩涡、暗流
不远有个潭，深不见底"
我希望把身体浸泡在溪流里

当我学会游泳
当我站在十字路口、车流、人流里
溺水
突然又想起
桥洞里布谷鸟的声音

白桦林

一直无法忘记那个冬天
在地坛医院
穿过长长的走廊
雪花，一片一片拍下来
它们想凛冽到我

窗外，一片白桦林
像鱼刺，卡在天地之间

石兰古堡

城中有墙，墙上立刀枪
空气中有伤
遍地石兰、芍药、苔藓
却无法开出对症的草药

城中人人身怀绝技
自小磨刀，学棍棒
对着空气与自己叫板
也织网，撒网
捕捞水中的月光

城西南，一棵空了心的香樟
一站千年

断　桥

多少年来，它苦口婆心
试图叫住

不带刹车的河流，怒放的花朵
等待天上掉馅饼的鲤鱼
树梢的日落
还有，桥下
人们刷洗得发白的生活

这么多年
它一刻不停地
诠释着那个古老的手势：
停，暂停，请缓行

可是，这么多年
它一次也没有叫住
哪怕是尘埃的坠落

有一次，它似乎
败下阵来，满面青苔

但是，旭日东升时
它依旧挚爱着那个古老的手势：
停，暂停，请缓行

贼

有贼。在花园里
他偷走了什么
怒放的花朵不懂
泥土在暗处沉默不语

在厨房
偷走崭新的围裙
落在地上硬朗的脚印也不放过
可怜的姥姥被偷得几乎倾家荡产

在客厅，他虎视眈眈
收音机、黑白电视机，小屏彩电……
都已偷走
甚至于挂墙上的超薄 3D 电视机也岌岌可危

在书房，他正在偷
我的颜如玉、黄金屋……
还好一卷尘封的《心经》
暂时没有得逞

在窗台，我感觉到了这无处不在的贼

他练隐身术，是贼中之王
被他盯上，只能束手就擒
偷吧，偷走我的一切吧，包括受过伤的棱角
我将爱上你的恶

爬山虎

喜欢它整片整片无所顾忌地绿
掀起一层层浪
叶片下的爪子彼此抓得那么紧

也喜欢它的凋零
一边走到了尽头，一边又暗藏生机

甚至喜欢它的废墟
枯萎的缠绕
我愿意在回忆里删减越墙的枝叶
暗自珍藏一个更加完好的夏天

关于远

陌生的小镇
那里有醉人的黄昏
你是小镇上唯一的教书先生

我省吃俭用
坐四个小时的火车
两个小时的汽车
走一个小时的山路去看你
低矮的木屋下
你的哨音把我叫停
晚霞，空旷的操场，低飞的蜻蜓
我们是其中的两只，有着透明的羽翼

给你整理房屋、炒咸淡不一的菜
你的温柔，是煮温的山泉
漏风的木屋，我们相拥
温暖而绵长

给 H 君

木棉开出第一朵花时
我们骑行，在风中劈开一条新径
路边的小石子被垫起
飞得很高又落下
湖心，搁浅失明的鱼
我们没有停留
绕过幽暗的森林
在似有似无的小道上
布谷鸟的啼叫越加明晰
我们开始互不言语
以沉默压住莫名的心慌与恐惧
就在这时，远处显现一片光亮
不久，在一棵无花果树下
我们相互微笑，各自走向另一片森林

今晚的月亮是个句号

清风绕过山谷而来

老槐树哗哗作响

虫鸣、蛙声，挠着月光

木屋透着微黄的光

姥姥在缝补孤单

孩子在梦中

惦念屋檐下的蜘蛛网

这是他们设下扑捉这个夏天的机关

窗前，月亮早已爬上山冈

但是谁也没有察觉到

今晚的月亮是个句号

身体里住着折翅的大鸟

会嗖的一声变成一只大鸟
振翅，飞跃过
林立的楼宇，川流不息的人潮
朝着与火车背道而驰的方向
寻找一个屋檐
筑一个麦梗混凝土的巢穴

当黎明破晓
脚下铁轨跑动的声音，越来越近
一些东西
在脱落。天明
我依旧是我
身体里住着折翅的大鸟

稻草人

两手空空
站在故乡荒废的田地上
我失去了春天
失去了让一颗种子发芽的能力
失去了除草、施肥、捉虫、开水渠的能力
失去了等待、开花的能力
只有这一田地冬天的雪
偶尔有鸟飞过
落在我的肩膀上
它一定认为
我是一个稻草人
可我已没有麦田守望

父亲养鱼

父亲爱养鱼，给鱼取去过的地名
他的鱼缸就是一幅地图
养着五湖四海
父亲说，"每个人每一天都在养鱼
身体是大鱼缸，是被上帝征占的河流"
父亲说得坦然，但是
海水颤了一颤
我看到，父亲眼角的鱼尾招摇
该死的另一尾鱼分明游进了父亲的身体

午 后

阳光很薄，从香樟洒下来
有的落在青叶上
有的落在地上，照得枯叶金黄

一只白猫从屋顶跳了下来
悄无声息
它在小水洼处饮水
用爪子去抓水中的云与自己

一切都很安宁

如果不是几处小水洼
这几乎让人忘了
刚过的一场台风与暴雨

小

一声几乎可以忽略的声响

一滴雨，落在窗玻璃

刹不住的身躯

下滑，下滑

它扭动，挣扎，逃脱

却无能为力

下滑，下滑……

再回头时，已被风干，了无痕迹

紧接着，越来越多的小雨滴

一滴一滴一滴，无数滴

奋不顾身

落

了

下

来

关于杨梅

凌晨一点，山路崎岖
带着两担杨梅挤拖拉机
到镇上，有的杨梅颠出血来

码头集市，面对刁难的客人
你舌头笨拙，涨红的脸
像将熟未熟的杨梅
那是我第一次，尝到杨梅的苦涩

黎明，你把我放到前面的空担子里
透过身后的半担杨梅
我看见茫茫海上，有着少许微光

青芒果

又回到盛夏，公路旁，芒果青涩
想起那时，雾气弥漫
你指着远山，候鸟正飞跃千山的重围
一路向南，一路向南
那时，我们并不懂得飞翔
只是痴痴地看着远方
对雾中的千山万水
迷茫而向往

昭明寺录

1

鳌峰山顶，看昭明村
村民小如蚂蚁
他们开垦，建房，运输粮食
有一户正在举行葬礼

在山顶，除了自己
我听不见他们的任何声音
就如那个谁，也听不见
我的祈祷与哭泣

2

山中迷途，疑是绝境，问路
千手观音指千万条路

过放生池，有人言：
"放生池真小"
又有人对曰：
"一条生路，还小吗？"

未撕开的电影票

共三张
尘封在抽屉
写着同一日期：
一九九六年十二月二十一

我们曾一起猜想过结局
哦，哥哥以及那个你深爱的女孩

一晃十几年
她已为人妻
你还好吗，哥哥
天堂有电影院吗，哥哥

有时，我会打开抽屉
试图想撕开
那三张未撕开的电影票
去看看是否有不一样的结局

他们说的那个人

是个贼，一个不偷本村的贼
村里谁家东西丢了
找他总能找回

他是一个女孩的救命恩人
也是另一个女孩的施暴者

那一天，囚车上
有人数落他，有人给他送行
他微笑，不久，被蒙住头
在一阵枪声中
懵然倒地

为你写首诗

不用太多形容词
这些都是浮华的装饰

词穷于罗曼蒂克的名词
我只有
木屋一间，炊烟几缕
屋前山花一地，溪流慢行
屋后竹林成荫

有个动词
一直没用
我想等一个温暖的午后
抿着一口掉了差不多的牙
慢慢说给你听

嘘

白坑村，在深山
梨花满山冈

莽草在皮肤上划出一道弧线
一边疼着，一边询问
治疗心疾的良药

松鼠，一会儿高
一会儿低
敏捷，任性

沿路，婆婆丁草趴在地面
被踩过后，一声不吭
它有无修忍辱？

松树随意站立
不会被修剪成观赏的模样

"梨花白，黄昏慢。"
返程的路人告知

"那里的人们

一生只爱一个人"

我 们

被一阵秋风推去山顶
一路寻找酸酸甜甜的果实
和盛大的日落

果实隐于此山
秋日落入远山

而我们，在黑夜来临之前
匆匆赶回两山之间，汇入人流
我们两手空空，又若有所得

一只独眼的鱼

它游得很慢
常常与假山碰撞，水草纠缠
每次都能让它触摸到什么
比如柔软，比如水流的方向
或是鳄鱼的眼泪

总想离开这个暂居地
又不知道去哪里

每天，我们共用这座空房
慢慢地，绕过熟悉的假山
循环着孤独与疼痛

退潮即景

风，从蔚蓝中拂来
远走的贝壳，回乡了
细沙轻柔，记有每一个游子的脚印

浅滩上，渔民在捡
螺，它蓄有密语
有人掀开一块又一块石头
他们在寻找什么？
峭壁处，开着一簇簇淡白的花

暮色将近，我在堤坝上吹泡泡
一只小蟹爬上手心
我们以吹泡泡的方式进行
一次短暂的交流

不久，又要涨潮了，海水即将清除这里
进行新一场轮回

雪　夜

你来找我
白茫茫的大地上
只身一人

那时没有电话
楼下是还没熟睡的父亲母亲
我在楼上开个小窗
路灯偷偷亮起

白色的世界，那么静
我折纸飞机
你在雪地里写下目的地

刮痧板

取自牛的一条肋骨
它的弧度，保留着生活的卑躬与厚度
内侧，削薄、锐利
外侧，光滑、内敛
这是祖母留下来的一段骨头

像祖母一样，它总能疏通紊乱的经络
晾出你的湿气或火气
"瞧，总有那么多痧
是藏在骨头深处的风"
只有疼痛才能唤出它的真面目

去流浪

我想去流浪

趁着

花花草草没枯萎

新日子还未写下序章

走吧，去流浪

跟着半明半暗的云

放下所有，包括生了老茧的心事

作一缕风

作三月的雨

作一朵紫云英

哪怕作一粒溶解的盐

没有形而上的忧伤

只作透明的一碗清水

失眠记

夜深，星辰零落
小城以南
四通八达的道路常常拥挤
灯红酒绿下是一群人的孤单
最豪华的街区
卖艺的女孩、拾荒者
星光为他们拉好被子

小城以北
长满野草的山路遮盖了故乡
山花正在燃烧

今夜，我是个走失的孩子
是否有一朵花在暗中为我担忧

帽　子

偌大的城市
密密麻麻，形状不一的脑袋
是一个个移动的舞台

戴什么帽子唱什么腔
每个人都是戏子模样
总是入戏太深
到最后，也不忘
把自己扣进黄土做的帽子里

小城，有雨

雨燕尾巴剪去了
蓝天、如发髻的云
剪出小城春末的雨

在你离去的路口
树梢上，断了线的风筝
挂着天空的眷恋

我的小城，有雨
我的心
潮湿成一片云
随风流浪到远方、远方

小画家

"姐姐，明天是怎样的?"
"明天是多彩的，你是画家"

我希望送她一块橡皮
擦去多余的色彩
阴霾的天空和乌云
但我没说出口

小画家兴奋地又喊又叫
全然没有注意
等待染发的外婆
在银发中吃了亏，沉默不语

希望我能这样

当一切都在膨胀
向外，向上，向着天空伸手
甚至于黑洞都在扩张时
我所要寻找的
是地平线，大裂谷，最接近地心的地方
用潮湿的土壤，把自己像一粒种子一样深埋
又或者仅仅做一只愚笨的蛙
守着一口自成方圆的井
说粗俗的话，唱自成曲调的歌
等月亮一点一点升到井口
我喜爱这种月光的凉
如果再能混点故乡的青草味
这将会是一首我爱的诗
好一个宁静的夜晚

逗 号

一只乌鸫，孤立
黑色爪子抓在悬空的细线上

一袭黑衣，像个逗号
暂停在一场雨里

它的歌声空灵，在三月的迷雾中
把我叫醒

给 18 岁的自己

嘿，你好
我是你

从事你爱的工作
住在你一直眷恋的地方
依旧
爱着雨，爱着书，爱着黑夜，爱着迷途的深巷
除了白色，还爱上了灰
在黑白间游走

身高，依旧，无法触摸到星星
体重，微胖，无法飞翔

还是一个人，在蓝色星球上看日落
身边的朋友已不多
书桌前的仙人掌算一个

你现在爱着的人，已陌生
你恨着的人，已陌生

一只蜜蜂住进了身体

给我翅膀，携我在带刺的人间找蜜
水泥林地，让我不停地飞翔，拖着带血的翅膀
从一朵花开，到另一朵花的凋零

"什么是蜜？"
我叩开一个又一个黑夜黎明
苦苦追寻
这无休止的循环
是安插在我体内的针
嘀嘀嗒嗒，嘀嘀嗒嗒……

春日雨后

蘑菇是大地送给穷人的小伞
我和姐姐光着脚丫
轻轻地把它们放进竹篮
竹林里，母亲笑盈盈，跟着父亲
父亲的锄头轻易能听见
春笋破土的声音
炊烟升起的地方
祖母推动石磨
用葫芦盛出白白的米浆
雨后的阳光，金丝一样
厅堂上，祖宗的牌位高高坐着
目光所及的地方
刚刚插了秧

找一个山顶

晒太阳。躺在扎捆的谷堆上
像小时候，世界是金黄的
野雏菊沿着小路，一簇一簇
不知开往哪个远方
炊烟升起了
有狗吠声，有母鸡下蛋后的啼鸣
我一直在找这样的山顶
等人，喊我乳名

月夜录

山里真静，可以听见虫鸣
夜来香开放，枝叶凋落
那时，没有灯
奶奶，是我们的灯
月亮，是奶奶的灯
那时，我们都不敢指月亮
我们都相信，万物各有灵性

萤火虫

喜欢炎夏，更喜欢炎夏的村庄
喜欢村庄，更喜欢村庄里芦花飞扬的河滩
喜欢河滩，更喜欢河滩的黑夜
喜欢黑夜，是想在黑夜中静静为你留着一束光

伞

屋檐低小，大雨滂沱
母亲侧身站着
一边把我往里推
一边假意责骂
即便我已是孩子的母亲
她依旧这样
挡在我身前
独自面对一场雨

清洁工

尘土、落叶、垃圾、烈日、冰雪
怒骂与白眼
都一起扫进

也捡回没人要的
那一次，是个弃婴
叫她妞妞
给她打蝴蝶结，种匍匐的紫云英

桥下，一群蚂蚁小心翼翼
衔着米粒经过下水道
野花长在石缝里

在你墓前，想起那些谎言

当你老了
我会在你身旁
晨起为你梳妆
月牙头，木梳理过的发梢
驻有两颗素素的心

当你老了
我们哪儿也不去了
守着这片叶落的土地
让我作你的拐杖
陪你一遍遍上山，看小苗长成秋天的稻穗
看阳光中的露珠
慢慢淡出，在空气中，似乎从未出现般

当你老了，我依旧牵你的手，像从前你牵我的一样
在你的梦中，吻你深浅不一的额头
给你讲从前你讲的每一个故事

古堡奇遇

城门口，老母亲
在等一个成了谜的人

东望，是消失许久的明朝
一口古井，被遗忘，青苔下
它依然涌甘冽清泉

西望，麒麟山中，两棵树
民国的一天，被砍了
两个碗大的疤

那年岁，蛇群，从后山横行到前山
身怀捉蛇术的儿子
最善于以毒攻毒
那一年，他，不知为何，一去不回

天色渐暗，老母亲，转身
隐入古堡石门，我很惊讶
用手去摸了摸，凉，无缝，也无痕

一支烟的味道

一场内战
他上楼，拖着一身无形的盔甲
伤痕累累
我听到他体内铁锈滋长的声音

一整夜，不时听见打火机的声音
我知道有一团火在点燃
他会狠狠地吸
缓缓地吐
吐尽这一生虚无的繁华与落寞

布谷鸟

一段必经的山谷
总有"布谷、布谷、布谷、布谷……"

每次经过，都飞奔似的逃窜
那里埋葬爷爷的骨灰坛

夜，说降临就降临
一寸一寸吞噬了整个村庄

奶奶一边拍我后背，一边给我讲
爷爷都是因为起早贪黑，才短命

"布谷、布谷、布谷、布谷……"
声音若远若近，穿透黑暗

与母亲说

我努力回想
母亲，是如何怀孕
如何将我带到人间
又是如何养育
可是，一瞬间，什么也想不起
多么令人悲伤呀，母亲
是什么如此虚幻
肆意隐藏，删减了
那么多我们的场景
这竟让我常常在琐事中对你发脾气

现在，我将养育另一个小生命
头一次庆幸我是女性
能以母亲的身份去体验你

日　常

饭后，散步
经过中山中路，溪西胡同，到达桐江溪
我们会遇见
浣洗的、跑步的、游泳的、练剑的
蹒跚学步的孩子和漫步的白发夫妻……

有时星晴，晚风侵衣
有时沉闷，接着下起了雨
有时也会遇见
流浪的、撞车的、溺水的、跳江的……
他们只是在水面荡起一小圈涟漪
没多久就恢复平静

每一天都在重复
就如现在，我们在重复着父亲母亲
沿着防洪堤，时而顺流，时而逆行
相互搀扶着，总是很小心

笑

第一次
你的笑是朵白梨花

第二次
你背着刚满周岁的女儿
在出租房
笑成一朵雪花
冷，但是很干净

再一次
你的笑落在病床的白被单
女儿蹒跚学步
几天后，她头上结着小白花

她咧开嘴笑
露出两颗小门牙
像极了你重返人间
一切从头开始

一块自己碎了的玻璃

不再听命于时光的硬
不再把自己站成透明
冷若薄冰

它任性，决绝，与自己较劲
试图要逃出自己
现在，它倘然碎在窗前
等待被清除，更换

窗外，三角梅开得格外绚烂
不远，一个女子，白裙子
一步一步把自己送向
湍急的桐江
她的尸体被捞回
招魂的道士摇头说
她的七魂六魄已消散

古老的太阳
照耀着她
照耀着它

现　场

街道被清洗得格外干净
很难想象这里刚经历一场猛烈的撞击
一只情侣表飞出，永恒地停留在血泊里

高压水枪扫射，血色的黄昏
雨后，黎明
酒醉的男女，在此跳起了圆舞曲
像是某种巡回的仪式
让我再一次掉进漆黑的冰窟窿里

一页日记

那一页，被撕去，留有伤疤
是火焰燃烧后的遗址
揪住了我的眼睛

多年后，我早已忘记
日记里写着什么
却依旧记得那一页

青 青

笑着跑来跑去
像只小云雀，是因为
今天，她的男人没有骂她
街上，工人们在布置红灯笼
马上要过年了
儿子的新衣裳，亲生母亲和养母的寿礼
都已准备妥当
明天，她就放心到外省去
过年也不回来了
她要从另外男人的口袋里……
把家里的烂账补上

需要一块地

一块地
种点什么?
什么都好
几株青菜
几棵豆
从春天的小苗到秋天结果
再让它荒一个冬天

只有微风中的小苗能叫醒
在地下冬眠的人

潮音岛散步记

绿化带，花排成队列
开往盛夏
我们沿着栈道一路向南
已知的目的地
黑夜与雾制造未知的迷幻

入海口，回头眺望
居住了几十年的城
悬浮在暗涌的波涛制造工厂上
一群鱼，在波涛中生生死死

路尽头，机器轰鸣，我们并肩
把仅剩的渔火命名为星星

梨花白

夜雨过后，池源村
麻雀落在老梨树上
小小的震动，梨花
落了下来

满地白
满树白
满树满地白

疫情中的春
究竟有多少梨花不辞而别

小山坡

紫色、红色、黄色的野果子
灰色的兔子、蓝色的山雀
还有绿色的野丫头你
把自己当作鹰
在山坡上飞来飞去
嘿，那时世界那么大
大到无法想象
那时世界那么小
小到只有蓝天、白云
笑个不停的你

石头城

乱石堆中
她一边走一边介绍
"这是你，这是我
这是桥，这是路，这是塔……"
并制定路线、红绿灯
过什么桥，走多少弯路
绕几次塔，说什么暗语
当我沉浸在她的石头城时
她又在我耳边小声说：
"嘘，妈妈，这些都是假的"
她小脸通红，指着远方：
"可是，妈妈，你要跟上我
别在我的城堡里迷路了"

桥边阿兰

披着长袍，扎着裤脚
道姑头，插着大红花
她是疯子阿兰。可很少人知道
她曾是米店地主家的姑娘
像小城五月的桐花①
那年，阿兰与军官相恋
不久，他北上抗战，送别时
阿兰把所有的炙热淬炼成似雪的银器
随他而去。桥边，桐花似雪
飞过一个又一个五月，在第三个五月
阿兰等来了归还的银器
桥边，桐花似雪
纷纷扬扬凋落在大地上
阿兰把银器投入了桐江
也彻底丢失了自己

---

① 桐花，又名五月雪。

苦柚子

雨后，茅屋，空院子
他把苦柚子当球
在泥土里忘记了脏

"小哑巴"妹妹
把脏兮兮的柚子清洗干净
在柚子上画笑脸

小黄鸭

一口气买了十只
给它们喂食，——取名字
院子里，一群黄绒球走来走去

第二天一早，无故死了一只
第三天，一只掉进了水沟
再过几天，迷了路的，被狗叼走的
……
每次，你都偷偷抹眼泪

最后只剩一只，孤单、瘦小
常被狗追，鸡啄
你总是护着它，张开双臂，像母亲

很少人会想起
在这院子里，你和小黄鸭一样
曾离奇失去过九个姐妹兄弟

狙击手

是谁潜伏着
暗中举着枪？

年近三十。上有父母正在老去
下有女儿未满周岁
我开始莫名地恐慌

"刚刚又有人中弹"

这可恶的狙击手
百发百中
这可恶的狙击手
让我对这个残缺的世界
前所未有地眷恋

忆玉兰

这些年
去过泰国，去过北京、上海、西安、苏州、广州、深
　圳……
走过东、西、南、北街
看过无数个日落
却再也回不到那个黄昏
穿过两座城市
风吹鼓白衬衫
你把一朵玉兰轻轻放在我的手心上

北山亭

农历初一，母亲必去庙里
带一束白玉兰

每次，她都有新的苦难
跪在佛前，闭着双眼
许久许久

这是外婆给予的良方
她也教我

木鱼声中，我们一前一后
往回走
快到家时，已近黄昏
但，清晨的寺钟仍在耳畔

与己书

1

那列火车没有终点，别老想停
停下来是多么容易的事情
难的是前行
何不暂借这个虚位，看看窗外变幻的风景

2

写不出东西时，就别写了
有人说诗歌是味药
但也是另一种毒品
不如赤脚走入森林
带刺的泥径隐藏生的路径

3

迷途时，到树下静一静
别怪它，别怪他，也别怪你自己
一片叶子

想着生长，想着阳光
这已经耗尽太多力气
又何尝想过
飘落时能否达到目的地
或停留在谁的掌心

别不承认，你也是其中之一
千千万万中相似的之一

4

感恩土壤，感恩冷暖，感恩风吹雨淋
感恩凋零，感恩一切的不由自主
带上一颗朝圣的心

夜宿平兴寺

星星，夜空的留白
振春、丽明和我各自找了一块石头坐下
和我们一起的，还有：
松鼠、蟋蟀、蝉、毒蛇与蜘蛛兰……
我们互不言语，抬头寻找属于自己的
晚钟敲响
清风吹来
针状的叶从枝头落下

一场雪

封锁了道路
看不见教堂
白茫茫，白茫茫，白茫茫

你远行
水管结冰，炭火微弱
唱诗班的歌声在雪里断断续续
我真的以为自己熬不过那个冬季

然而，你削好一个苹果
递给我，在真实的晨光中
让我怀疑那场雪的虚无

荒废的剧场

你曾上演
或跌宕起伏或缠绵悱恻或催人泪下的剧情
那么多人聚聚散散，来了又去
现在，只剩空舞台
虚位一排排
马路对面，新的剧场拔地而起

阳光正好，普照大地
一群白鸽正停歇在屋顶
你穿着一件爬山虎制成的绿衣裳
宁静而圣洁
风吹过，似乎一无所有
又似乎拥有着一切

屯头暮色

滩涂之上
跳跳鱼，一边逃逸，一边深陷
之上
是铺天盖地的网
网之上
一朵流云追着另一朵流云
流云之上
万里长空披着袈裟
袈裟之下
我，小如尘埃，等一群白鹭归来

又一春

摇篮轻晃
紫云英竖着耳朵
清晨，雨又柔又轻

香樟高过屋顶
满树冠新芽，它看到了
七十多岁的老妪
给旧棺木上新漆，按着去年的纹理

渔 村

台风走后
家家户户，供桌上，烛光摇曳

海浪拍打着黎明的岸
红灯笼，石巷子，香火袅袅
丧子的老母亲倚着家门睡了一夜

海湾的臂膀里小村庄睁开眼
多像母和子呀……

狂风巨浪中死去的灵魂
变作小螃蟹
在洞穴里遇见了生前的足迹

雪　地

堆完一个雪人
雪野茫茫……
为了不让孤单吞噬
再堆一个，让他们手牵手

画一个圆圈
有了圈内和圈外

圈内两个雪人儿
没多久，双双融化

圈外，两行脚印
各自蜿蜒到不知什么地方

土楼梦

在深山，一座楼，黑瓦，土墙
黄土取自山间最黏的，以思念为参照物
墙内种花，酿酒，晒书
清晨，从古井里取水
夜晚，我们是融为一体的露珠
我们的儿孙一直住在这里
与祖先的神龛一起
等老了，头发花白了
我们依旧遥望星空
菩萨低头时，就会瞧见
这小小的土楼，是人间多么美的句号

她，那只乌鸫

一只乌鸫，停在电线上
衔着扭动的小虫

沉重的翅膀，一袭黑衣
多像送煤球的寡妇阿菊

它，朝着郊外的巢穴飞去
她，拉着满满一车煤，朝城里使力

天空下，两个小黑点
背对背消失在同一片暮色里

柏洋读花记

桃花，簇拥在枝头，笑是粉色的
油菜花，举着黄火焰，无所畏惧
一枝独放的，是牡丹
有的开得奢靡
有的正落下，我听见坠地的声音
紫藤低头，等待自己的花期
（她们，并不知道明天有雨）

也有花，在青花瓷，牌匾上
她们不会凋零
但也无法在春风中得意

龟湖读石记

有的被雕刻成骏马

有的是耕牛

有的能上天，翱翔万里

有的小如蚂蚁

有的是猛虎，嗜血

有的是菩萨，能度人

有的刚"出生"就被遗弃

有的成色极好，雕工平淡无奇

有的其貌不扬，却是极品

……

它们都来自同一座大山

它们都经历过刀斧之疼

秘 密

没有人看到，坐在酒吧角落
戴着鸭舌帽吐着烟卷的那个女人
轻描淡写说起某段往事、某个人时
唇齿间轻轻擦出的火花

山中，无名湖即景

木屋腐朽，石桥断裂
一条通向故乡的路，被荒草拦住
湖水暗绿。一切都是旧的

只有白色的鲤鱼，扭动着
带血的身体，从网中逃脱时
是新的

虚构一场雪

虚构它的到来，黄昏正浓
虚构它骑万千白马，从天而降
虚构一串脚印，让它跟在身后
虚构它的从容、默默与纯情
虚构它的真实，掩盖谎言
虚构它的虚无，在黎明，像什么都没发生一样
虚构它的魔法，把河流叫停，让树上开满白花
大地穿上了白色的衣裳
世间的一切又恢复到最初的模样

小 庙

小庙，在湖中央
做完晚课的老和尚
和着衣，躺在古佛脚边上

夜晚，星星从湖底升起
一盏青灯亮着
成为星星之一

深秋，等一场梦苏醒

早春，麻雀
桃枝上听花语
恍惚间，似乎只是
从树梢飞到阳台
便已深秋

女儿甜甜地睡着
我，在这场梦里，等另一场梦苏醒
不知醒来，是我的深秋
还是女儿的

多年后，心里长出木棉

新雨过后，月亮
悄悄探出脸。午夜的操场
我们不熟练地爬上围墙
牵手跳跃时，大朵大朵的红木棉
一起落在种着月光的土地上

我爱的，很短暂

像露珠

像流星

像涟漪

像昙花

像雪

像吻

像拥抱

像诗歌

像没有兑现的誓言

……

甚至，像这苦而匆忙的一生

村中古树

已千年，中空
老人说，树中有碗筷
是山魈的藏身之地
山魈，村中无人见过
它来无影去无踪

跛脚的大娘曾怀疑
她的平衡木是否遗失此地
胎死腹中的阿英，常常绕树哭泣
失心疯的定山叔
至今未找回自己和树下离别的妻
人们在树下避雨，乘凉
诉说洪水或干旱，喜悦与苦难

人们把所有的未解之谜
都归于古树
日头越毒辣，就越加惧怕
越加怀疑。越加怀疑
就越加相信、虔诚
屈膝，膜拜

有一天，外乡人烧了古树
村中人伤心，惶恐，不知所措
没过几年，大家都离开了村庄
然而，谁有苦难
依旧双手合十对着村头古树的方向

无　题

城中有巷
巷中有井，井被封口
真言无法吐纳

城外有路，通向村庄，通向原野，通向远方
夜晚，把一切都拉黑

斗门，多么……

多么美好，雨穿过树叶，从枝丫间落下
百年古榕上
长出一朵小蘑菇
天地间，一把巨伞守护着小伞

多么干净，一场雨
围墙上的石头又露出温柔的表情
花架上的佛手瓜
相信落下的雨能冲淡夜的黑

多么安静，一座村庄，一口飘着落叶的老井
黄透的稻田边，生锈的拖拉机
墙角指甲花开，又落一地

关于子弹

1

有的子弹是石头，有的子弹是糖果
有的子弹是塑料，有的子弹是清水
有的子弹是眼泪……

2

如何阻止一颗子弹的飞行？
唯有疼痛、唯有命中、唯有死亡的气息？

3

当子弹穿过棉花
是否有过一丝丝柔软或迟疑？

4

年少时射出的子弹
为何在猝不及防的午后

击中我？

5

巽城的一堵墙
留下许多弹孔
有的弹孔里还长出黄色的雏菊

我还听见

窗台上，白月光
我听见下沙的声响
尘世是多么广的荒漠呀

当我这样想时
有人吹起陶笛
易碎的身体里传来尘世的回音
又听见
来自幽谷的风
来自苜蓿、喇叭花、枯树枝头的声响
一滴露珠在生长
窗外，所有的风景，所有的驿站，所有的人
都成为白月光
消融在温暖的大地上

盆栽玉米

一株玉米，被种到楼顶
一小盆土

独自在风里
有白鸽飞临

在上海，和它偶遇
它要我带个口信
但，无地址无接信人

因为这个，热心白鸽
已多次拒绝它

又回到秋天

蝉声倦了，只剩簌簌的叶落声
真好，又回到秋天

依旧独居，死守脚下的三寸土地
种面包树，养出最陌生的自己
夜晚，只有这个窗
望禁锢的星空，敲下告别今天的文字

迷茫时，到人潮涌动的车站
铁轨伸向殡仪馆
烟囱是通往天堂的入口
那年，我曾手捧骨灰坛
走过一扇门，轻声叮嘱：
"别慌，这是在回家的路上"

乙未年正月初七，桐江

是谁放飞的孔明灯
坠回江面

江畔，有人以退为进
有人倒立，反角度看世界
桥下算命的瞎眼老先生
已经给无数明眼人指点前程
手拿糖刀的小孩，舔着刀刃，开心极了

烟花，一场寂寞的雨，东边落了，西边起
有人依旧执着地放飞孔明灯

生命之轻

那是我第一次走进那个房间
如果我有另外一只眼
也许就可以看见它的拥挤
那么多小坛子，排列整齐
标有名姓，这是他们遗留人间的唯一

我穿越他们，心异常地寂静
我穿越他们，穿越黑白照片里
射来的一道道目光

就在这一道道心惊的目光中
寻找到祖母的
小小的、瓷白的骨灰坛
是她藏身八年的地方
我把她抱在怀中
像小时候她抱我的那样

清　晨

我喜爱这样的清新
有山有水有雾
还有即将蒸发的露珠

晨光稀疏，洒在书桌上
风吹动，时光里
珍藏的三片树叶
此时，城市上空定有一阵暖风

掀开帘子，窗前一角天空
湛蓝
鸟儿偶尔飞过
影子落在砖墙上
像速写的神奇密码
记录这平凡里淡淡的幸福

春日琐事

如果，不是和煦的春光
我不会搬把椅子坐在午后
也不会看到空气中
浮游着的，细碎的，被忽视的
尘埃

艳阳中，百花怒放的院子里
我热衷于凭吊凋谢
常常不经意间地
遗失了什么
错过了什么
藏在生活里的细枝末节
被无情地修剪

这种错过，多像现在的场景：
姥姥在厨房絮絮叨叨
姥爷在门口抽着一个大烟斗
小表妹在学步，露着刚长出的小门牙
一不留神，这个场景就
过了，轻了，飞远了

初春的

雨。一个不打伞的姑娘
路灯把她的影子拉得好长好长
她站着，对着天
哭泣。陌生又熟悉

雨越下越起劲
站起身，关好窗，祈祷
隔岸的桃花能依旧盛开
在一个干净的黎明

缝 补

这个温暖的午后
就用来缝缝补补吧

一条线一根针
试着模仿祖母的好脾气
在时光里穿针引线
娴熟地缝补一个个逝去的背影

一边喝水，一边写诗

乌云蔽日的午后
一边喝水
一边写诗

写诗是喝水，喝水是写诗
写着写着
就潮湿了
写着写着
就把自己写成了天边的一朵云

再写桥

从第一次到日常
从乱麻的一端到另一端
从你到我
从我到我们
之间，有条河
常常让我们措手不及

在池源村
一对白发苍苍的夫妻
相互搀扶的手臂
像一座桥，桥下
是否也有过汹涌的河流？

与子书·早孕篇

该如何向你述说这个世界
亲爱的
我避开一切光滑、虚幻、寒冷与尖锐
让脚步一慢再慢

对着潜伏农药的蔬菜，浑浊的空气
我要坚持每天沐浴更衣
双手合十，轻诵《心经》

抛开这些，我会带你去看山
看大地如何完成加减的运算
看松塔散落人间
看山谷空灵
万物各有秩序
……
在人间，这才是我想要给你的

困兽随想

星空。静默如处子
群山起伏，瘦骨嶙峋的夜

城东南隅
一只困兽意外出逃

它不知道牢笼之外是不是更大的牢笼
但是，它需要撕裂这包裹住的天空
狂奔在旷野上

没有什么比奔跑更值得向往
奔跑
奔跑，奔跑，奔跑……
直至精疲力尽，死在旷野上

远山，晚钟一声一声
落在一只困兽的额头上
此时，它正从梦中醒来

种

种下一粒种子
润土，浇水
期待——

一个美妙的清晨
阳光透过纱窗，鸟儿轻轻叫唤
清风中
泥土里抽出一叶嫩芽
这一天
心里，便有了淡淡的牵挂

又或许
它会在我的花盆里
不生根，不发芽

然而，种下种子
起身，离开
我的背影已然是富足的花农

旧 居

除了故乡
还有两座

一座，门板上
稚嫩笔迹留下的"飞鸟"
早已飞出那片天空
在那里，住着我的远

另一座，是空城
门前种桂花
庭院花开
我便爱上一个路过的人
最后，在一个莫名的午后
离开，就再也没有回来

余生，做个浪子
漂泊大地
如果再有旧居
就是这副破旧的身体

冷 了

油门，冷了
一次旅行勒住了缰
笔尖，冷了
一截往事封住了口
烟花，冷了
一座小城冻出了霜
冷了。
母亲桌前的年夜饭冷了
父亲的大叶茶冷了
妻子的床头灯冷了
孩子的小手冷了
……
冷了，冷了，冷了

许愿树下

一群少女，手中握着红丝带
粉红的脸蛋，桃花般盛开
闭上眼，虔诚许愿

不远处，一个女人
左边牵着刚刚学步的小女孩
右边牵着一匹老马
竹篓里还装着吃手指的小男孩
她在树下停下来，放下竹篓，开始喂奶
像是被什么搁着，她低低地呻吟了一声

春风吹，吹红了枝头，吹绿了荒山
如果也能吹去女人凌乱的发，黝黑的皮肤
你会发现，她也是
过海石旁刚刚盛开的一株桃花

图书在版编目（ＣＩＰ）数据

可遇 / 陈小虾著. -- 武汉：长江文艺出版社，
2020.11

（第 36 届青春诗会诗丛）

ISBN 978-7-5702-1875-2

Ⅰ. ①可… Ⅱ. ①陈… Ⅲ. ①诗集－中国－当代
Ⅳ. ①I227

中国版本图书馆 CIP 数据核字(2020)第 205591 号

特约编辑：聂　权

责任编辑：胡　璇　　　　　　　　　责任校对：毛　娟

封面设计：璞　间　　　　　　　　　责任印制：邱　莉　　王光兴

出版：长江出版传媒　长江文艺出版社

地址：武汉市雄楚大街 268 号　　　　邮编：430070

发行：长江文艺出版社

http://www.cjlap.com

印刷：湖北新华印务有限公司

开本：850 毫米×1168 毫米　　1/32　　印张：5　　插页：4 页

版次：2020 年 11 月第 1 版　　　　2020 年 11 月第 1 次印刷

行数：2854 行

定价：46.00 元